ALAIN

ET

ROSETTE,

COMÉDIE EN VAUDEVILLES,

EN UN ACTE,

PAR F. P. A. LEGER.

Représentée pour la première fois, à Paris, sur le Théâtre de la Cité-Variétés, le 14 Décembre 1792, (vieux style) & remise au Théâtre le 9 Vendémiaire, de l'an troisième de la République Française, une & indivisible.

Prix, 25 sols.

A PARIS,

De l'Imprimerie de CAILLEAU, rue Gallande, N.° 50, 1795, *vieux style.*

L'an trois de l'Ère Républicaine.

PERSONNAGES.	ACTEURS.
	Citoyens.
GRÉGOIRE, père d'Alain.	*Lamarche.*
BAZILE, vieux payfan.	*Duforét.*
La mère THOMAS, mère de Rofette.	*La Citoyenne Mautouchet.*
MATHURINE.	*La Citoyenne Lacaille.*
ALAIN.	*Raffille.*
ROSETTE.	*La Citoyenne Cléricourt.*

Je, fouffigné, déclare avoir cédé au Citoyen Cailleau, les droits d'imprimer & de vendre, ALAIN ET ROSETTE, COMÉDIE EN VAUDEVILLES, EN UN ACTE, fans préjudice de mes droits d'Auteur que je me réferve felon l'article de la Loi, fur les Théâtres auxquels je donnerai le droit de la repréfenter. A Paris, ce neuf Vendémiaire, de l'an troifième de la République.

F. P. A. LEGER.

ALAIN ET ROSETTE.

Le Théâtre représente un hameau. A gauche est la maison de la mère Thomas, avec un jardin garni de fleurs ; à droite, celle du père Grégoire. Au grenier de chacune des deux maisons est une poulie avec une corde.

SCÈNE PREMIÈRE.

ALAIN, *seul, occupé à cueillir des fleurs.*

AIR : *Que ne suis-je la fougère ?*

CALMONS notre impatience ;
Car voilà qui fait grand jour,
Et bientôt de sa présence,
Rose ornera ce séjour.
Si sa beauté, sa décence
Nous inspire les plaisirs,
D'un coup-d'œil son innocence
Rend honteux tous nos desirs.

ALAIN ET ROSETTE,

ELLE est belle sans parure,
Douce & sage sans fierté.
C'est l'enfant de la Nature,
A qui l'art n'a rien prêté.
De mille beautés nouvelles
Elle brille chaque jour :
Il n'lui manque que des aîles
Pour ressembler à l'Amour.

La voici ; elle est seule. Tâchons de sçavoir ce qu'elle pense.

SCÈNE II.

ALAIN, ROSETTE, *entrant & apperçoit Alain.*

ROSETTE.

COMME vous êtes matinal, Monsieur Alain ; comment, déjà à l'ouvrage ?

ALAIN.

Oui, Mamzelle Rosette ; j'fais ma provision pour aller au marché.... Mais vous, pourquoi vous lever si matin ?

ROSETTE.

C'est que pour avoir les fleurs bien fraîches, il faut les cueillir avant que l'soleil ait passé dessus.

ALAIN.

Les fleurs d'vot' jardin sont trop belles, pour qu'elles puissent se faner jamais.

ROSETTE.

Vos fruits, Monsieur Alain, n'sont pas moins beaux.

ALAIN.

Si j'ofais vous offrir ces pommes !

ROSETTE.

Si j'ofais vous préfenter ces rofes !

ALAIN.

Je les mettrais ben vîte à ma boutonnière.

ROSETTE.

Je les mangerais avec ben du plaifir.

ALAIN.

Quand vous voudrez des fruits, Mamzelle, dif-
pofez de mon jardin.

ROSETTE.

Toutes mes fleurs, Monfieur Alain, font ben à
vot' fervice.

ALAIN.

Queux dommage que ce vieux Bazile fe foit mis
dans la tête d'vous époufer à fon âge !

ROSETTE.

Queux dommage que la vieille Mathurine, fa fervante, fe foit avifée d'vouloir faire de vous fon
quatrième mari !

ALAIN.

J'aurais tant de plaifir à vous aimer !

ROSETTE.

J'aurais été fi contente d'être toujours avec vous !

DUO.

ALAIN.

J'AURAIS gardé pour ma Bergère
Les plus beaux fruits de mon jardin.

ROSETTE.

Toutes les fleurs de mon parterre
S'raient éclofes pour mon Alain.

ALAIN.

Nos cœurs, dans not heureux ménage,
N'auraient connu que le defir.

ROSETTE.

Et nos jours, exempts de nuage,
Auraient toujours été l'ouvrage
Et du bonheur & du plaifir.

ENSEMBLE.

Pourquoi faut-il qu'on nous fépare,
Nous que l'amour a fçu charmer ?
Ah ! du moins cet ordre barbare
Ne peut nous empêcher d'aimer.

ALAIN.

Raffurons-nous, ma chère Rofette ; ces mariages qui nous défolent, ne font pas encore conclus..... Tout n'eft pas défefpéré... Mais, v'là l'vieux Bazile qui fort de chez toi.

ROSETTE.

J'apperçois la vieille Mathurine qui vient de chez ton père.

ALAIN.

Vîte à l'ouvrage : n'ayons pas l'air de nous parler.

SCENE III.

BAZILE, ROSETTE, ALAIN, MATHURINE.

BAZILE, *à Rofette.*

AIR : *Oui, noir n'eft pas fi diable.*

EH ! bon jour, ma charmante,

MATHURINE, *à Alain.*

Bon jour, mon petit cœur.

ROSETTE.

Monfieur, j'fuis vot fervante.

ALAIN.

Et moi, vot ferviteur.

BAZILE ET MATHURINE.

Voyez-vous fa candeur,
Ses graces, fa fraîcheur ?

(*A part.*)

Ça me tourne la tête.

ALAIN ET ROSETTE.

Monfieur ⎰ Eft bien honnête.
Madame ⎱

BAZILE ET MATHURINE.

Volontiers, pour c'te fête,
J'payrai les violons.

ALAIN ET ROSETTE, *à part.*

Payez.

Payez.

Mais vous ne dans'rez pas, j'en réponds.   (*bis.*)

BAZILE.

J'connais queuqun, Mamzelle, qui vous veut
beaucoup d'biens, quoique vous faffiez un mal ter-
rible, toutes les fois qu'il jette les yeux fur vous.

ROSETTE.

Hé ben ! faut lui dire de n'pas me r'garder.

MATHURINE.

Il eft dans l'monde une certaine perfonne, pour
qui Alain n'eft pas indifférent.

ALAIN.

Si vous la connaissez, j'vous prie d'la remercier
d'ma part.

BAZILE.

AIR : *N'en demandez pas davantage.*
IL pourrait vous donner sa main,
Si vous agréez son hommage.

MATHURINE.

On pourrait épouser Alain,
S'il voulait n'être pas volage.

BAZILE.

Le voulez vous bien ?

MATHURINE.

Vous ne répondez rien ?

ROSETTE.

N'en demandez pas davantage.   (*bis.*)

BAZILE.

Deuxième couplet.

A combler les vœux d'un amant,
Votre mère aujourd'ui s'engage.

MATHURINE.

Ton père vient, dans ce moment,
De décider ce mariage.

ALAIN.

C'est fort bien comm' ça ;
Mais pour en v'nir là,
Il faut obtenir davantage.   (*bis.*)

ROSETTE.

Troisième couplet.

Qui donc enfin a la bonté
De nous d'mander en mariage ?

ALAIN.

Sans nous connaître, en vérité,
Il faut avoir ben du courage.

BAZILE.

C'est nous.

MATHURINE.

Oui, ma foi.

ROSETTE.

Qui ? vous !

BAZILE.

Oui.

ALAIN.

Vous ?

MATHURINE.

Moi.

ALAIN ET ROSETTE.

N'en demandez pas davantage. (*bis.*)

BAZILE.

Hé ben ! quoi donc qu'ils ont à rire ?

MATHURINE.

C'est de plaisir, sans doute.

ALAIN.

Pas du tout, dame Mathurine ; c'est d'la plaisan-
terie qu'vous nous faites.

MATHURINE.

Mais j'parle très-sérieusement.

ALAIN.

Et très-sérieusement aussi j'vous réponds qu'nous
n'pouvons pas faire votre affaire.

BAZILE.

Ah ! j'vois c'que c'est ; mamzelle Rosette est coëffée
d'son Alain.

MATHURINE.

Et Monfieu Alain d'fa Rofette.

ALAIN.

Et quand cela ferait ?

BAZILE.

Préférer un petit godelurau à un homme comme moi ! car je fuis un homme fait.

MATHURINE.

Préférer une petite fille à une femme de mon ef-pèce ! car je fuis raifonnable, moi.

ROSETTE.

C'eft qu'on trouve, fans doute, que j'vaux mieux qu'vous.

MATHURINE.

V'là vraiment une rare beauté, pour prétendre l'emporter fur moi.

ROSETTE.

Monfieur Bazile, faites donc taire votre fervante.

MATHURINE.

Sa fervante.... fa fervante....

AIR : *Pourriez-vous bien douter encore ?*

J'CROIS qu'fon impertinence augmente
A chaque mot qu'elle me dit.
Qui ? moi ! Monfieu, votre fervante !...
Je ne me fens pas de dépit.
Mais dit'lui donc ben, je vous prie,
Que depuis mon troifièm' mari,
Je fuis vot' femme d'compagnie,
Et que vous me traitez ainfi.

Deuxième couplet.

Quelle incroyable calomnie !
Suis-je donc faite pour fervir !
Apprenez, s'il vous plaît, ma mie,

À mieux m'connaître à l'avenir.

Et vous, dites-lui, je vous prie,

Que depuis mon troisième mari,

Je suis vot' femme d'compagnie,

Et que vous me traitez ainsi.

ALAIN.

Comme ma présence déplaît à Monsieur Bazile, je le prie de me permettre de m'en aller.

BAZILE.

Vas-t'en au diable.

ROSETTE.

N'voulant pas gêner plus long-temps ma bonne amie Mathurine, je lui fais la révérence.

MATHURINE.

Qu'on n'te rendra pas.
(*Alain & Rosette se rejoignent au fond du Théâtre & s'embrassent.*)

BAZILE.

Quoi ! s'embrasser devant nous ! Celui-là, par exemple, est un peu fort.

***

SCÈNE IV.

BAZILE, MATHURINE.

MATHURINE.

HÉ ben ! Monsieu Bazile !

BAZILE.
Hé ben ! Dame Mathurine ! Nous v'là ben avancés.

MATHURINE.
Pas mal comme ça.

BAZILE.

Qui aurait cru que mes vœux auraient été si indignement repoussés ?

MATHURINE.

Devrais-je m'attendre qu'un ingrat mépriserait ma flamme ?

BAZILE.

Je me fais une si grande fête de posséder ma chère Rosette !

MATHURINE.

Et moi, de faire le bonheur du perfide Alain. Jérôme, mon premier mari, était un brutal & un ivrogne, dont la mort a bien fait de me débarrasser. André, que je pris à sa place, était un fesse-Mathieu fieffé, un vilain que je n'ai pas pleuré long-temps. Quant au pauvre Mathurin, je n'en parle pas, puisque je ne l'ai eu que huit jours ; & dans si peu de temps, on ne peut guères connaître ce qu'un homme peut valoir.

BAZILE.

Sçavez-vous, Madame Mathurine, que vous êtes une place ben meurtrière ! Déjà trois maris enterrés ! Ma foi, Alain n'a pas tort de craindre qu'vous n'lui rendiez le même service, & puis, votre âge....

MATHURINE.

Vous avez donc oublié que vous étiez mon aîné de deux bonnes années pour le moins.

BAZILE.

Air : *Des simples jeux de son enfance.*

DEPUIS que j'adore Rosette,
Je suis comme un jeune garçon.
D'un rien mon âme s'inquiette.

MATHURINE.

J'crois qu'il a perdu la raison.

BAZILE.

Je ris, je cours, je fais tapage.

MATHURINE.

Quand serez-vous sage & prudent ?

BAZILE.

Je n'en sçais rien ; mais à tout âge,
Dès qu'on aime, on devient enfant.

MATHURINE.

Même air.

Pourquoi donc vouloir me défendre
Un sentiment pour vous si doux ?

BAZILE.

C'est qu'pour trouver un Berger tendre,
Vous êtes un peu vieille, entre nous.

MATHURINE.

N'dirait-on pas, à vous entendre,
Qu'on manque de certain appas ?
Sçachez donc, s'il faut vous l'apprendre,
Qu'les graces ne vieillissent pas.

BAZILE.

Tenez, Mathurine, n'nous fâchons pas ; croyez-
moi : unissons nos efforts pour parvenir à notre but,
& nous venger de deux ingrats qui nous méprisent.

DUO.

MATHURINE.

Oui ; je prétends bien me venger
Des affronts que m'a fait l'infidèle.

BAZILE.

Sa Rosette a beau m'...trager,
J'veux l'épouser en dépit d'elle.

MATHURINE.

Voyez un peu le p'tit coquin ;
Moi qui l'aimait d'amour si tendre,
Que je n'avais pu me défendre
D'lui donner mon cœur & ma main.

BAZILE.

Vous avez vu comme Rosette,
Au lieu de répondre à mes vœux,
Dans son ardeur, trop indiscrette,
S'est mise à rire de mes feux.

ENSEMBLE.

| Oui ; je prétends bien me venger | Sa Rosette a beau m'outrager. |
| Des affronts que m'a fait l'infidèle. | J'veux l'époufer en dépit d'elle. |

BAZILE.

Tenez, v'là l'père Grégoire ; j'vous laisse avec lui.
Moi, je vas trouver la mère Thomas, & j'espère
que tout s'arrangera selon nos désirs.

SCENE V.

GRÉGOIRE, MATHURINE.

GRÉGOIRE.

Hé ben ! Mathurine ! queux nouvelles ?

MATHURINE.

Diffimulons.... Bonnes, père Grégoire, bonnes.

GRÉGOIRE.

Comment mon fils a-t-il reçu votre proposition ?

MATHURINE.

Avec transports.

GRÉGOIRE.

Et il vous aime ?

MATHURINE.

A la fureur.

GRÉGOIRE.

Touchez là , ma vieille ; c’eſt une affaire conclue :
Alain s’ra vot’ mari....

MATHURINE.

Y a pourtant queu q’choſe qui m’chiffonne.

GRÉGOIRE.

Quoi donc ?

MATHURINE.

C’eſt que j’crois qu’la fille à la mère Thomas....

GRÉGOIRE.

Qui ? cette petite Roſette ?

MATHURINE.

Oui vraiment.

GRÉGOIRE.

Fi donc ! fi donc ! c’eſt jeune, c’eſt bien gentil, ſi
vous voulez ; mais ça n’a qu’des fleurs pour tout bien,
& ça n’peut pas faire mon affaire.

AIR : *Ne dérangez pas le monde.*

ROSETTE a de la tendreſſe ,
Des attraits & rien de plus.
J’aime beaucoup la jeuneſſe ,
Mais plus encor les écus.
Je me rappelle que mon père
M’diſait ſouvent : Mon enfant,
En amour , comme en affaire ,
On adjuge au plus offrant.

SCÈNE VI.

BAZILE, la mère **THOMAS**,
LES PRÉCÉDENTS.

La mère THOMAS.

C'EST dit, mon voisin, c'est dit; ma fille est à vous.

BAZILE.

Et vous m'promettez qu'Alain n'lui f'ra plus les yeux doux.

MATHURINE.

Soyez tranquille, Monsieu Bazile; je m'charge d'l'en empêcher.

BAZILE.

Fort ben. C'pendant je voudrais encor queuque chose.

GRÉGOIRE.

Comment, vous n'êtes pas content ?

La mère THOMAS.

Quand vous avez la parole d'honnêtes-gens.

BAZILE.

J'voudrais qu'un bon dédit nous assure ben positivement que j'n'avons plus d'changement à craindre.

MATHURINE.

V'là qu'est parlé, par exemple.

GRÉGOIRE.

Doucement, voisin, doucement; mettre un dédit, c'n'est pas l'histoire; mais auparavant, il faut faire ses réflexions.

MATHURINE.

Elles sont toutes faites.

GRÉGOIRE.

GRÉGOIRE.

Or, voici les miennes.

AIR : Je connais un Berger discret.

VIEILLARD qui prend jeune tendron ;
A des dangers s'expose ;
Il faut être dans la saison
Pour moissonner la rose.
Malgré son âge & sa raison
Qui semblent le défendre ,
Vieillard qui prend jeune tendron ,
A tout peut bien s'attendre.

MATHURINE.

A vous la botte, Monsieu Bazile.

GRÉGOIRE.

Un moment, un moment.

Deuxième couplet.

A cinquante ans prendre un époux ,
C'est un parti fort sage ;
Car, quoiqu'en disent les jaloux ;
L'amour est de tout âge :
Mais s'croire aimé ; c'est entre nous
Vouloir par trop prétendre :
Vieille qui prend un jeune époux ,
A rien ne doit s'attendre.

BAZILE.

Que dites-vous de celui-là , dame Mathurine?

MATHURINE.

J'pense , mon voisin , que c'n'est pas à nous que
c'te leçon-là s'adresse.

GRÉGOIRE.

Non , non ; j'parle en général.

B

B A Z I L E.

Quoique vous disiez, père Grégoire, j'en reviens toujours à notre dédit. Vous sçavez que j'donne tous mes biens à Rosette. Mathurine met Alain en possession de tout ce qu'elle possède ; ça n's'ra qu'à cette condition.

La mère T H O M A S.

Ah ! ça, c'est sans réplique.

G R É G O I R E.

Et d'combien s'ra l'dédit ?

B A Z I L E.

De six cents francs.

G R É G O I R E.

Six cents francs ! Il faudra ben que j'vous tienne parole ; car je n'pourrais jamais vous payer.

La mère T H O M A S.

Ni moi non plus, en vérité.

B A Z I L E.

J'espère que vous ne laisserez pas maintenant nos jeunes gens aller ensemble au marché.

La mère T H O M A S.

Pourquoi donc cela ?

B A Z I L E.

Quoique dans l'automne il fait encore chaud, il y a loin à la ville ; on se repose sous l'ombrage, & puis.... & puis les bois de c'pays-ci sont très-dangereux.

AIR : *D'l'instant qu'on nous mit en ménage.*

JUSQU'A tant qu'l'hymen nous couronne,
Il faut les renfermer tous deux.

M A T H U R I N E.

C'te pensée est, ma foi, très-bonne ;
On doit veiller les amoureux,

B A Z I L E.

Oui, vraiment; car, sans plus attendre,
Dans un amoureux désespoir,
Ils pourraient fort; ben aller prendre
Ce qu'on est bien aise d'avoir.

(On répète les quatre derniers vers ensemble.)

G R É G O I R E.

S'il n'faut qu'ça pour vous satisfaire, c'est ben
facile.

La mère T H O M A S.

Les v'là qui venont justement. Laissez - nous;
j'allons vous rejoindre dans la minute.

B A Z I L E.

Oh ! ne vous gênez pas; j'allons chez l'Tabellion
signer nos contrats : nous s'rons r'venus tout de suite.

A I R : *De Joconde.*

Je suis au comble de mes vœux.

M A T H U R I N E.

Moi, j'ai tout c'que j'désire.

B A Z I L E.

L'Hymen, par le plus beau des nœuds,
M'soumet à son empire.

M A T H U R I N E.

Trois fois j'en ai subi la loi;
Ça s'ra la quatrième.

B A Z I L E.

Hélas ! malheureus'ment pour moi,
Je n'suis qu'à la troisième.

SCÈNE VII.

La mère THOMAS, ALAIN, ROSETTE,
BAZILE.

ROSETTE.

COMMENT, ma mère, est-ce que je n'vas pas
au marché, aujourd'hui ?

La mère THOMAS.

Non, mamzelle.

ROSETTE.

Tant pis ; car à présent j'y ai bien du plaisir.
Quand j'étais petite, personne n'voulait d'mes bouquets ; aujourd'hui que j'suis grande, c'est à qui aura
d'mes fleurs.

AIR.

JE vends, presque dans l'moment,
Œillet, jasmin, rose d'Hollande,
Et je ne sçais réellement
Comment répondre à chaqu' demande.
Avec moi tout l'monde est content ;
Jamais personne ne marchande.

J'VOIS près de moi mil freluquets ;
L'un m'vante, & l'autre me courtise :
C'lui-là me prend tous mes œillets.
Sur ma foi, quoique l'on en dise,
Fille qui porte d'beaux bouquets,
Vend toujours ben sa marchandise.

MAIS il faut avoir le talent
D'attirer vers soi les pratiques ;

Si l'on n'a pas l'air agaçant,
Et même un peu de rhétorique,
Fille s'expose a voir souvent
Ses fleurs sécher dans sa boutique.

La mère THOMAS.

C'est bon, mainzelle ; quand vous s'rez madame
Bazile , vous vendrez vos bouquets tant qu'vous
voudrez.

ROSETTE.

Vous voulez donc absolument que j'époufe ce
vilain tout laid-là ; je n'pourrai jamais , d'abord.

ALAIN.

Pas plus que je n'pourrai époufer sa vieille servante.

GRÉGOIRE.

Qu'est-ce qui vous parle , à vous? Si vous vou-
liez bien vous mêler de c'qui vous r'garde.

La mère THOMAS.

Portes-moi toutes ces fleurs-là en haut.

GRÉGOIRE.

Montes-moi tous ces fruits-là au grenier.

ROSETTE.

Oh ! r'nez, ma mère , vous riez ; j'parie qu'c'est
pour nous faire queuque niche.

ALAIN.

Et moi, j'parie auffi qu'il y a quelque chofe là-
deffous.

GRÉGOIRE.

Hé ben ! quoiqu'ça fignifie ? partiras-tu , tout-à-
l'heure ?

La mère THOMAS.

V'là ben des raifons , mamzelle ; obéiffez.

ALAIN.

Vas, ma pauvre Rofette , nous v'là pris.

(*Grégoire & la mère Thomas ferment leur porte*
à la clef.)

SCÈNE VIII.

GRÉGOIRE, la mère THOMAS.

La mère THOMAS.

Enfin, v'là nos oiseaux en cage.

GRÉGOIRE.

J'crois qu'ils n's'ront pas trop contens ; y a d'bonnes
raisons pour ça.

La mère THOMAS.

AIR : *Mon honneur dit.*

Mon cher voisin, d'après votre parole,
On penserait qu'ma fill' chérit Alain !

GRÉGOIRE.

Je n'parl' pas d'ça ; mais j'dis qu'elle en rafolle ;
Et pour l'sçavoir, n'faut pas être si fin.

La mère THOMAS.

Queux méchanc'té c'est qu'vous croyez, peut être,
Que tout' les fois qu'du village ell' revient,
C'est pour courir après ce petit traître.

GRÉGOIRE.

Ell' fait ben mieux ; car toujours ell' l'atteint.

Deuxième couplet.

Ce que je dis est chos' très-ordinaire ;
Ici chacun à son tour doit aimer :
Vous possédez cet heureux art de plaire,
Et plus encor celui de nous charmer.
Le doux souris d'une aimable figure,
Sans le vouloir, nous attir' doucement ;
Il faut ben suivr' les loix de la nature ;
Nous somm' le fer, & vous êtes l'aimant.

ROSETTE, *en dedans.*

Ma mère, ma mère, ouvrez donc.

La mère THOMAS.

N'te dérange pas, ma fille.

ALAIN, *en dedans.*

Mon père, j'suis enfermé.

GRÉGOIRE.

Hé ben ! mon enfant, faut y rester ; l'soleil n'te gâtera pas l'teint.

La mère THOMAS.

Ah ça ! il est temps d'aller chez l'Tabellion ; pour abréger la route, passons par la petite porte du jardin.

SCENE IX.

LES PRÉCÉDENS, ALAIN, ROSETTE, *à la fenêtre.*

ROSETTE.

MAIS, ma mère, pourquoi me renfermer ?

La mère THOMAS.

Parce que j'ai mes raisons.

ALAIN.

C'est indigne, ça, mon père, de prendre les gens en traître.

ROSETTE.

Au moins, ma mère, laissez v'nir Alain avec moi. Quand on est deux, le temps paraît moins long.

La mère THOMAS.

Vraiment ! Hé bien ! la petite commère n'a pas mal trouvé....

GRÉGOIRE.

Un peu de patience, mes enfans ; à notre retour
on vous rendra la liberté. Faites la converſation de
loin ; cela reviendra au même.

SCÈNE X.

ALAIN, ROSETTE.

ROSETTE.

J'PARIE qu'c'eſt l'vieux Bazile qui m'a fait jouer
ce tour-là.

ALAIN.

Moi, j'parie qu'c'eſt Mathurine qui m'a fait rendre
le même ſervice.

ROSETTE.

Oh ! le méchant ; il me la payera.

ALAIN.

T'as raiſon, ma Roſette ; il faut nous venger.

ROSETTE.

C'eſt ben dit ; mais comment ?

ALAIN.

J'ſuis ben fâché que nous les ayons mal reçus
c'matin. Tu vois ben ces cordes & ces paniers ?

ROSETTE.

Hé ben !

ALAIN.

Nous les aurions priés de v'nir à nous ; & quand
une fois ils auraient été dans l'un, nous nous ſerions
placés dans l'autre ; & en mettant des poids dans
nos paniers, nous ſerions deſcendus ben facilement.

ROSETTE.

Essayons toujours. Si je pouvions réuſſir, comme j'nous mocquerions d'eux !

ALAIN.

Dépêchons-nous ; car je les vois qui accourent.

ROSETTE.

J'crains ben qu'ils ne ſoupçonnent le tour qu'on veut leur jouer.

ALAIN.

Que ſçait-on ? Ces vieux amoureux s'imaginent queuquefois qu'il ſuffit de ſigner l'contrat pour les trouver aimables.

ROSETTE.

Chut, chut ;... les voici.... es-tu prêt ?

ALAIN.

Oui ; & toi, es-tu prête ?

ROSETTE.

C'eſt fini.

SCÈNE XI.

LES PRÉCÉDENS, BAZILE, MATHURINE.

Vaudeville *du Tableau parlant.* (*mineur.*)

MATHURINE.

AH ! qu'Alain eſt charmant !

BAZILE.

Que Roſette eſt charmante !

ALAIN ET ROSETTE.

Je n'mérit' pas, vraiment,
Ce compliment.

ALAIN ET ROSETTE,

BAZILE ET MATHURINE.

L'aventure est plaisante.

ALAIN ET ROSETTE.

Quoi ! ma pein' vous enchante !
Ah ! c'est qu'vous n'sçavez pas
   Mon embarras ;
Je ne peux pas sortir.

BAZILE.

Cela n'est pas possible.

ALAIN ET ROSETTE.

Croyez-vous qu'par plaisir
   J'irais mentir ?

MATHURINE.

La chose est très-risible.

ALAIN ET ROSETTE.

Si vous êtes sensible,
Venez m'désennuyer
Dans mon grenier.

BAZILE ET MATHURINE.

AIR : *Ah ! Monseigneur.*

Ce plaisir me semble bien doux ;
Mais comment aller jusqu'à vous ?

ALAIN ET ROSETTE.

Montez dans c'panier promptement ;
Je vous tirrai facilement.

BAZILE ET MATHURINE.

Moi, je ne demande pas mieux ;
Pour vous voir, j'irais jusqu'aux cieux.

ALAIN ET ROSETTE.

AIR : *Une petite fillette.*

TANDIS qu'ici je m'apprête,

Placez-vous ben vîte là ;
Sur-tout, n'levez pas la tête,
Et tenez-vous ben comm' ça.

BAZILE ET MATHURINE.

Allons, fort bien ; nous y voilà :
Allons, allons ; mais prenez bien garde.

ALAIN ET ROSETTE.

Allons, fort bien ; nous y voilà :
Allons, allons ; mais prenez bien garde.
Montez toujours ; ne craignez rien :
Ça nous r'garde ;
Tout ira bien.

ENSEMBLE.

Nous les tenons ; c'est excellent :
L'Amour l'emporte en ce moment.

(*Tandis qu'Alain & Rosette descendent d'un côté,
le poids de leurs corps fait monter les autres au grenier. Quand ils sont en bas, ils éclatent de rire.*)

BAZILE.

AIR : *De la Fanfare de Saint-Cloud.*

CIEL ! quelle ruse de guerre !
Perfides ! suije descends.

MATHURINE.

Ingrats ! craignez ma colère.

ROSETTE.

Ecoutez-nous, bonnes gens :
Quand la vieillesse nous glace ;
Hélas ! on a beau crier :
Vîte, vîte, l'Amour place
Ces vieux meubles au grenier.

(*Alain & Rosette sortent en riant.*)

SCÈNE XII.

BAZILE, MATHURINE.

MATHURINE.

AIR : *C'est la fille à Simonnette.*

QUE dites-vous du stratagême ?

BAZILE.

Ils ont bien trouvé cela.

MATHURINE.

J'crois que le diable, lui-même,
N'aurait point eu celui-là.

BAZILE.

Voilà ce que l'amour gagne ;
Quand on force ses faveurs ,
En ville , comme en campagne ,
Il dupe ses amateurs.
De ce petit tour, ma chère,
Il faut bien nous divertir!

MATHURINE.

Mais ce qui me désespère,
C'est qu'je n'sçais comment sortir ;
J'enrage d'être en ce gîte.

BAZILE.

Moi, je suis bien glorieux
D'être un homme de mérite,
Logé tout auprès des cieux.

MATHURINE.

AIR : *Il était une fille.*

SI je tenais ce traître,
Je lui ferais ben voir
C'qu'est une femme au désespoir ;
J'lui conseill' de paraître.

SCÈNE XIII *& dernière.*

LES PRÉCÉDENTS, GRÉGOIRE, la mère THOMAS, ALAIN, ROSETTE.

GRÉGOIRE, la mère THOMAS.

NOUS ne les voyons pas.

ROSETTE.

Regardez donc là-bas.

TOUS.

Ah !

ALAIN.

Ne les voyez-vous pas ?

GRÉGOIRE.

Hé ben ! quoi donc qu'vous faites là, père Bazile

La mère THOMAS.

Et vous, dame Mathurine ?

BAZILE.

Nous enrageons de tout notre cœur.

ALAIN.

Tenez, mon père, v'là ce que c'est. Vous nous aviez enfermés au grenier. Monsieur Bazile & Mathurine ont voulu venir nous y consoler en montant à l'aide de ces cordes. Mais quand ils ont été en haut, v'là que Rosette & moi j'nous sommes trouvés en bas.

MATHURINE.

Vas, petit monstre, j'te retire tous les droits que t'avais sur mon cœur.

BAZILE.

Et moi, j'aimerais mieux maintenant payer trois fois l'dédit que d'épouser une fille qui en sçait si long à son âge.

GRÉGOIRE.

La paix, la paix, papa Bazile ; descendez, on va vous ouvrir la porte.

ALAIN.

Conviens, Rosette, que c'est nous tirer joliment d'affaire.

ROSETTE.

Le proverbe a raison ; à queuque chose, malheur est bon. Pour avoir été séparés une minute, nous allons être unis.

BAZILE.

Epouse ta Rosette, si tu veux, & vas-t'en à tous les diables.

MATHURINE.

Garde ton Alain, & que je n'en entende jamais parler.

GRÉGOIRE.

Qu'en dites-vous, mère Thomas ?

La mère THOMAS.

C'est, j'crois, le parti le plus sage.

ROSETTE.

Oh ! oui, ma mère, & le plus agréable.

MATHURINE.

Eh ben ! Monsieur Bazile, j'en serons denc pour nos frais.

BAZILE.

Si vous voulez, Mathurine, je pourrais réparer
envers vous les torts de ma jeunesse.

MATHURINE.

Vas comme il est dit ; puisqu'il me faut absolument un mari, autant vous qu'un autre.

GRÉGOIRE.

Fort ben, mes amis, fort ben ; j'crois que les
choses sont beaucoup mieux arrangées comme ça.

ALAIN.

Ah! mon père! combien je vous aimerons!

GRÉGOIRE.

J'en suis persuadé ; mais garde ça pour ta femme.

VAUDEVILLE.

AIR : *On compterait les diamans.*

BAZILE.

Reçois aujourd'hui cette main :
C'est l'amitié qui te la donne.
Mon enfant, j'aimerai sans fin,
Autant ton cœur que ta personne.
Je n'suis plus jeune, je le sçais ;
Mais plus mal n'iront pas les choses.
En automne, comme au printemps,
Un bon terrein produit des roses.

ALAIN.

Au cher objet de mon amour,
Puisqu'enfin un doux nœud me lie
Près de Rosette, nuit & jour,
J'vais être heureux toute la vie.

Toujours joyeux, toujours amants,
J'arrangerons si ben les choses,
Qu'en automne, comme au printemps,
Chez nous y aura toujours des roses.

ROSETTE, *au Public.*

Avec trop de févérité
Ne jugez pas ce badinage ;
Notre amour-propre est trop flatté
D'pouvoir mériter vôt' fuffrage.
De not' folie amufez-vous ;
Ça ne fçaurait gâter les chofes :
Laiffez les épines pour nous,
Chargez vous de cueillir les roses.

F I N.

www.ingramcontent.com/pod-product-compliance
Ingram Content Group UK Ltd.
Pitfield, Milton Keynes, MK11 3LW, UK
UKHW020126080726
13614UKWH00005B/2061